Miami, FL

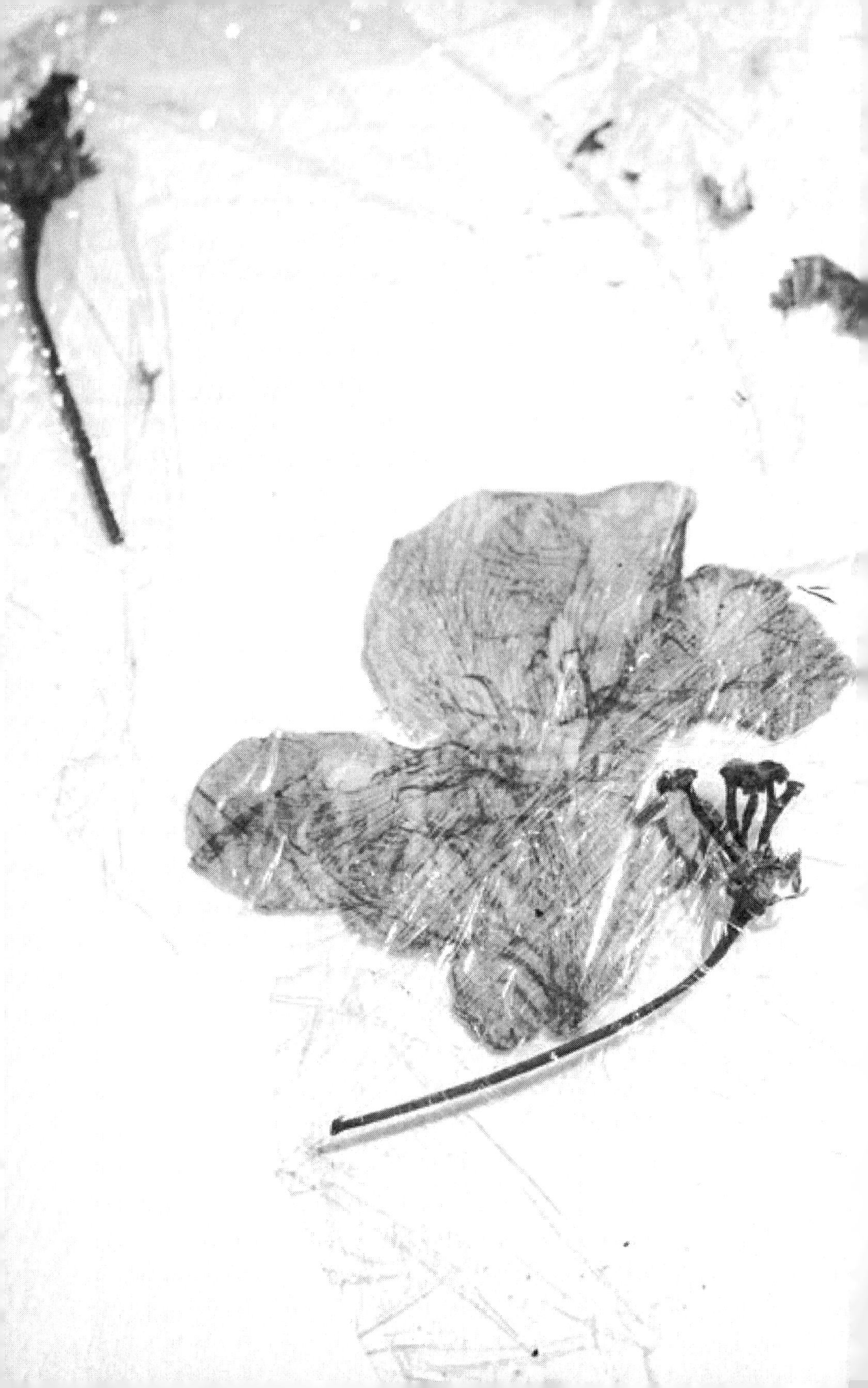

Fugaz | Cuentos y relatos breves

Autora: Claudia Prengler Starosta
Edición de estilo: Hernán Vera Álvarez

Publicado en Miami, Florida
Marzo - 2023
Primera Edición
Serie "Narrativa Breve" - #3

El contenido de este libro es propiedad de su autora.

Todos los derechos reservados - 2023
© De la autora
© De la presente edición, Ediciones Aguamiel

El contenido de este libro no puede ser distribuido sin autorización.

Coordinación editorial y diseño: Alicia Monsalve
Corrección de pruebas: Itsia Vanegas

Fotos (autora y guardas): Slavkina Zupcic
Foto portada: Cortesía archivo familia Prengler

Publicado por: Ediciones Aguamiel | Bukkio

ISBN: 979-8-9870034-0-4

Contacto:
Ediciones Aguamiel, Miami, FL.
Phone: (323)496-7573
www.edicionesaguamiel.com
E-mail: edicionesaguamiel@gmail.com
Facebook: www.facebook.com/EdicionesAguamiel
Twitter: @EdicAguamiel - IG: @EdicionesAguamiel

Autora:
Claudia Prengler Starosta
E-mail: claudia.starosta@gmail.com
Facebook:
https://www.facebook.com/claudia.destarosta
IG: @starostaclaudia

Fugaz

CUENTOS Y RELATOS BREVES

Claudia Prengler Starosta

Narrativa Breve

"Cada placer que puedo imaginar o experimentar es más agradable si se toma en pequeños sorbos. La lectura no es una excepción".

Amos Oz

Agradecimientos:

A mis compañeros del taller de escritura creativa liderado por el profesor Hernán Vera Álvarez, "La Tribu", por sus valiosos comentarios y por incentivarme siempre.

A mi Simón

Índice

Autorretrato.. 13

1.- SUR:

Al pasado por una hora 19

El venado... 25

La noche infinita.. 29

Mujer en la calle.. 33

Cabello de algodón... 35

En algún momento de nuestras vidas............................. 39

2.- VEN:

Las orquídeas de Mariela.. 47

Una raya de tiza en el suelo.. 51

Sin eco.. 55

Magali.. 59

Esa mañana.. 65

Despedida... 69

3.- NORTE:

La decisión.. 75

Aviones... 79

Primeros copos... 83

Lapsus lingüístico... 87

Strudel de manzana... 91

Pánico en la autopista... 95

Carta para Irma... 99

Apuesta a la vida... 103

Minnesota...109

Hasta el último suspiro...111

Sobre la autora..114

Autorretrato

Disfruto revisar mis viejos álbumes de fotos porque me regresa por instantes a esos momentos y a esas personas. Sonrisas detenidas en el tiempo que me permiten estar allí una vez más. Me pregunto cómo es que la vida pasa tan rápido.

Siento el discurrir del tiempo como una pieza de origami donde cada pliegue es necesario. A veces, en el camino nos toca recomenzar y es ahí cuando cada doblez acumulado en nuestra memoria cobra importancia.

En mi adolescencia me gustaba escuchar tangos. Me llamaba la atención la letra tan poética y casi siempre triste, pero con un tono de romanticismo. Cuando escuché por primera vez el tango "Volver", se me quedó grabada la frase "veinte años no es nada". "Sentir… que es un soplo la vida, que veinte años no es nada, que febril la mirada… errante en las sombras…"

Es apenas ahora que comprendo esas frases haciéndolas mías. Es ahora cuando asimilo lo fugaz de la vida. Un día estamos haciendo un castillo de arena y al voltear estamos jugando con nuestros nietos.

He vivido en tres países y seis ciudades. A los quince años me despedí de la ciudad que me vio nacer porque nos íbamos a un país de montañas muy verdes donde los pájaros te despertaban por la mañana. Siempre he sido débil con el chocolate, en especial con los alfajores que mi amiga argentina me trae cada vez que me visita. De niña me fascinaban las figuritas abrillantadas de flores y muñecas, pero me parecía más divertido jugar en los recreos con unas duras y redondas que los varones apoyaban en la pared para de lejos tratar de tumbarlas unas con otras. A veces, en las paredes externas de mi colegio judío solían aparecer esvásticas pintadas.

Mi primer año de casada lo viví en un pueblo caluroso del interior de Venezuela, en donde la realidad parecía un sueño y los personajes salidos de un cuento.

He estado en temperaturas que van desde los cuarenta grados centígrados en Yare, hasta sesenta grados Fahrenheit bajo cero, por el factor viento, en Minnesota. Allá me gustaba quedarme mirando la nieve desplazarse de un lado a otro hasta formar nuevas dunas. En la época que pasamos en el Midwest, en los ochenta, los cambios de horario ocasionaron que llegáramos a todos lados tarde o muy temprano. Recuerdo una vez que nuestros vecinos nos organizaron un picnic de bienvenida, llegamos una hora tarde y ya no había nadie, solo un olvidado plato de cartón en el césped.

Me da energía oler el aire de mar, aunque sea desde la ventana de un carro. Cuando estoy desvelada es cuando me vienen a la mente las mejores ideas. Debo tener a mano un cafecito negro bien caliente cuando escribo. En el museo de los ciegos la música se oye más cerca. No he visto hojas más verdes que las de Caracas.

Al final, es verdad que la vida es fugaz, dejemos que otros perciban nuestra esencia.

Claudia Prengler Starosta

Miami, 22 de mayo de 2022

1. SUR

"El valor es el conocimiento de cómo temer a lo que debe ser temido y cómo no temer a lo que no debe ser temido".

David Ben-Gurion

Al pasado por una hora

El apartamento donde viví durante mi niñez siempre me había parecido muy amplio hasta el día en que lo volví a ver, muchos años después.

Con mi hermana subíamos por el ascensor de puerta metálica plegable para poder abrirla en el entrepiso, entre el tercero y el segundo, y así saltar al de abajo. Nos gustaba ver cómo iban desapareciendo los numerosos rombos que mostraba la puerta, cuando al abrirla éstos se iban plegando unos con otros.

Al regresar del colegio entrábamos siempre por la puerta de la cocina que era un largo rectángulo de mosaicos amarillos que te llevaba a un pequeño balcón interno. Desde allí gritaba los nombres de mis vecinos amigos quienes no tardaban en asomarse.

Hace como dos años visitaba otra vez Buenos Aires y caminando por Las Heras se me ocurrió ir hasta Pueyrredón para comprobar si la calesita en la que solía jugar a sacar la sortija aún estaba allí.

Decidí que también llegaría hasta la Plaza Francia donde había enterrado a mi tortuga mucho tiempo atrás, pero antes pasé por el edificio de mi niñez. Ya casi cuando iba a continuar mi camino, me dieron ganas de tocar el portero eléctrico. Pero ¿a quién? Decidí entonces que presionaría al azar los botones dorados de varios apartamentos, y después de balbucear algo ininteligible alguien me abriría. Eso podía dar resultado, aunque dudé un momento. ¿Y si alguien me veía, o salía el conserje? Pensé una posible respuesta y en la vergüenza que pasaría, tremenda grandulona ya, si me pescaban *in fraganti* en esa travesura infantil.

Estuve a punto de desistir, pero el brillo de los botones me invitaba a tocarlos. Yo solo quería entrar, rozar con la mano el viejo ascensor metálico y volverme a mirar en el espejo de la entrada. No lo pensé más, y justo cuando me disponía a marcar alguno, llegó una señora y abrió la puerta del edificio. Me observó con sus ojos claros y preguntó si necesitaba algo. Seguramente sabía muy bien que yo no era una vecina.

—Es que yo vivía acá de chica y estoy de paso por Buenos Aires. Solo quería entrar al lobby… —le comenté, con cierta timidez.

— ¿Y en qué piso vivías?

—En el segundo "A".

—Yo vivo en el segundo "A". Hace más de cuarenta años —dijo con una amplia sonrisa, y me invitó a pasar.

Subimos por el ascensor principal que ahora me parecía mínimo. La puerta se abrió y estábamos ya adentro de la sala. Lo primero que vi fue el angosto balcón que daba a la calle. Enseguida me vino la imagen de la vez que le lanzamos un balde de agua fría a la vecina del cuarto piso cuando venía llegando con su tapado de piel.

Ella se dio cuenta y subió de inmediato a quejarse, entonces culpamos a nuestro hermano menor de tan solo tres años, quien lloraba diciendo: "fueron mis hermanas, fueron mis hermanas", mientras nosotras lo mirábamos con ternura.

De repente, mis pensamientos se interrumpieron cuando se volvió a abrir la puerta del ascensor y apareció un hombre delgado y canoso cargando varios libros. Hizo un largo silencio antes de preguntarle a su madre de dónde venía, al notar que cargaba su paraguas, mientras observaba la bolsa con la palabra "farmacia" impresa en azul que ella cargaba junto con las llaves de la casa.

—No sé, no me acuerdo —contestó.

No pasó ni un segundo cuando el hombre bruscamente volteó su cabeza y se quedó mirándome con ojos fríos.

—¿Y usted quién es?

No pude contestarle, tal vez porque no esperaba esa pregunta. Parados los tres ahí, y aun con los abrigos puestos, miraba a la señora y ella me sonreía dulcemente asintiendo con la cabeza.

Percibí el nerviosismo del hombre y me volví a topar con sus ojos, que ahora se desviaban hacia el cajón de un escritorio antiguo. Ansiosa por explicarle la razón de mi presencia, intenté en vano de que me saliera la voz, pero al verlo caminar hacia el escritorio sentí que el corazón me latía con mayor intensidad y me comenzaban a sudar las manos.

De pronto, el hombre se detuvo y sacó su celular. Pensé que llamaría a la policía, al fin y al cabo, yo era una intrusa. Sí, una intrusa que no podía justificar su presencia. El hombre seguía mirándome mientras marcaba en su teléfono. Permanecimos en silencio durante algunos segundos.

Pero en un momento casi sin darme cuenta, escuché el débil eco de mi voz que comenzaba a narrar tímidamente anécdotas de mi niñez en aquel departamento. De a poco, su expresión fue cambiando. Mientras escuchaba aquellas historias me pareció ver asomarse una tenue sonrisa.

Así fue como me invitó a pasar. Se disculpó haciendo un movimiento con la cabeza y se retiró con sus libros al comedor.

La señora me hizo un gesto para que la siguiera. Me llamó la atención un cuadro muy pequeño apoyado en uno de los estantes. Me acerqué con cuidado y para mi sorpresa tenía la misma cara de uno de los personajes de un cuadro muy colorido sobre fondo negro que mis padres se llevaron consigo cuando nos mudamos a Venezuela.

—¿No sería que éste era el complemento del otro y se les quedó acá? —le comenté a la señora—, y tuve la certeza de que era del mismo artista.

Continué recorriendo la sala hasta que la señora me llevó directamente al cuarto que supuso habría sido el mío. Y sí, era el que por tantos años había compartido con mi hermana. Tenía dos camas angostas, apoyadas en paredes opuestas, y frente a mí la misma persiana entreabierta por la que espiaba al vecino cuando tocaba la guitarra.

Desde el pasillo pude ver el cuarto principal que una vez fue el de mis padres. Enseguida recordé los domingos en la mañana cuando mis hermanos y yo nos metíamos con ellos en la cama y tomábamos mate con unas facturas llamadas Vigilantes que tanto nos gustaban.

Esa misma noche desde el hotel llamé a mi prima para despedirme y contarle la extraña y a la vez emotiva experiencia que había vivido. Ella se quedó callada por unos instantes y solo atinó a decir que ese encuentro fue una increíble casualidad, pero lo que más le impresionó fue que me permitieran entrar al apartamento, ya que en estos tiempos nadie deja subir a desconocidos.

Mientras la escuchaba le di una última mirada al pequeño cuadro de vivos colores que resaltaban sobre el negro mate. Lo cubrí con una ropa para protegerlo y cerré la maleta.

El venado

Una tarde de diciembre, Antonella y Aurora, unas niñas del edificio con las que mi hermana y yo solíamos jugar, subieron a nuestro apartamento.

Mamá nos ofreció una merienda de Toddy con sándwiches de miga y unas figuritas abrillantadas, las favoritas de toda niña en esos años. Eran las vecinas del piso de abajo, hermanas mellizas diferentes de cara y además una mucho más alta que la otra. Tiempo después, supimos que la más bajita había nacido con un solo riñón.

La puerta del balcón estaba abierta. No sé quién fue la primera que salió y las demás decidimos seguirla. Nos quedamos allí, paradas en silencio, solo observando los edificios al otro lado de la calle. La mayoría lucía con orgullo sus arbolitos de Navidad.

Había pinos artificiales como otros que no lo parecían tanto, decorados con esferas multicolores y estrellas de cinco puntas que se prendían y apagaban en forma intermitente. En eso empezaron las preguntas.

—Y ustedes, ¿no tienen arbolito?

—No, no tenemos. Tampoco lo hay en casa de mis primos —contesté con naturalidad.

—Qué tristes deben estar ustedes. Así, sin árbol —dijo Antonella, como en un susurro.

—¿Y tampoco abren regalos el veinticinco? —preguntó Aurora mirándonos con ojos entrecerrados y su boca un tanto fruncida.

—Tampoco abrimos regalos, pero no estamos tristes —aseguré.

Nos despedimos y noté la cara de extrañeza de ambas que aún tenían dudas. Me imaginé que se estarían preguntando por qué no celebrábamos la Navidad.

***

A los pocos días las encontramos en la puerta del edificio y nos invitaron a su apartamento. Estaban muy contentas.

—Suban chicas, así les mostramos los juguetes nuevos y otros regalos que aún no hemos abierto —dijo Antonella. Su hermana asintió con la cabeza y me clavó sus ojos siempre llorosos.

—¿Podemos mami? —preguntamos emocionadas, ya que nos moríamos de ganas por ver todos esos regalos y estrenar algunos con ellas.

—De acuerdo, vayan, pero solo por un rato. Su papá avisó que llegará hoy temprano.

***

Lo primero que noté en el departamento fue una gran poltrona gris con un señor muy gordo dormitando entre almohadas. Los brazos, que caían como un peso muerto, terminaban en unas manos inmensas y rojizas.

Las niñas corrieron al cuarto y yo me quedé como hipnotizada sin poder quitar la mirada de su nariz carnosa cubierta de venas azules. En mi cabeza lo bauticé "el venado".

Jugamos un rato las cuatro pasándonos los regalos de Navidad y admirando la variedad de tantas cosas lindas, todo para estrenar, que ellas compartían con nosotras. Reíamos a carcajadas contagiándonos la risa.

Cuando se hizo la hora de irnos pasamos por la sala donde "el venado" aún tenía los ojos cerrados.

—Abuelo, las chicas se van —comentó Aurora.

La más pequeña subió un poco la voz también dirigiéndose hacia él.

—¿Sabes abue? Las chicas del segundo no celebran la Navidad.

—¿Y a qué se debe eso? —preguntó el abuelo sin abrir los ojos.

—Nosotras somos judías.

Bastó oír mis palabras para que el hombre se levantara enseguida. Trató de hablar, pero fue inútil: la saliva le brotaba por la comisura de los labios, parecía atragantarse con la lengua. "¿Qué habré dicho?" pensé cuando por fin entendí sus palabras.

—¡Los judíos mataron a Jesús!

Una y otra vez lo repetía desaforado, mientras sus nietas lloraban.

Tomé de la mano a mi hermana y corrimos hacia la puerta. Entonces le grité: "¡Fueron los romanos, fueron los romanos!"

En casa preferí no comentar el incidente. Al otro día, mamá nos dijo con tristeza que el abuelo de nuestras amigas había fallecido de un ataque cardíaco.

La noche infinita

Entre los distantes recuerdos de mi infancia está esa mirada fija de una vaca que aparecía desde un vasto fondo de pastos verdes, donde aún se sentía la humedad del rocío.

Quedamos mirándonos hipnotizadas y percibí que me quería decir algo con sus brillantes ojos azabache. Decidí que no sería yo quien quitaría la vista primero; y a pesar de la distancia que nos separaba, era como si estuviéramos una frente a la otra. Pasaron unos minutos y finalmente fui yo la que sucumbí porque mis padres me llamaron para unirme a ellos y continuar recorriendo la Feria Agropecuaria Internacional, nuestro evento familiar tan esperado año tras año, en Buenos Aires.

Allí podías ver diferentes razas de bovinos, había unas muy gordas de color blanco y negro con hocicos rosados, otras más pequeñas, pero con pelo enrulado en la frente de tono castaño. A lo lejos, se divisaban unas muy musculosas con un pelaje rojizo lustroso y ojos negros saltones que también te miraban fijo.

Pero lo que más me atraía era la sección de los pollitos. Mi hermana y yo nos quedamos un buen rato observándolos. Los tenían como en una especie de corral y había una gran cantidad, todos al unísono emitiendo unos sonidos agudos apenas perceptibles.

La mayoría eran amarillos, otros azules, y alguno que otro rosado. Me pregunté por qué tendrían que cambiarles su color natural. Supongo que de tanto insistir me compraron uno y por ende otro a mi hermana, un año menor. Ella escogió uno rosado, a mí me gustaban los amarillos.

Regresamos a la casa emocionadas, cada una con su cajita de cartón y adentro, lo más preciado. Apenas llegamos los sacamos y nos quedamos mirando como corrían en círculos, según nosotras así era como los pollitos jugaban. Se hizo la hora de dormir y los devolvimos a sus cajas con tapas agujereadas.

***

Desperté en mitad de la noche porque sentí frío, la cobija se había deslizado. Medio dormida como estaba, estiré el brazo para recogerla del piso, y fue cuando mi mirada se encontró con las dos cajitas que se rozaban en silencio. Supuse que ellos también necesitaban calentarse; y qué mejor que ponerlos bajo la lámpara que una vez había visto en el clóset del baño donde estaba el calentador. Tenía un nombre que me parecía muy largo en ese entonces: "Lámpara de luz ultravioleta".

Pensé que sería una excelente idea y los puse bajo la lámpara, no quería que siguieran pasando frío. Permanecí allí, no sé cuánto tiempo, mirándolos y sintiendo yo también ese calorcito mientras los acariciaba. Me inclinaba cada tanto para ver cómo abrían sus diminutos picos.

De repente los miré con atención y noté que su caminar era errático. De un momento a otro comenzaron a tambalearse y chocar entre sí. Decidí que ya era hora de guardarlos, quizás querían dormir, al igual que yo. Al menos ellos estaban calentitos y yo tenía mi cobija.

Los dejé allí y comencé a caminar hacia mi cuarto en la penumbra, pero solo veía manchas oscuras. Era como si estuviera envuelta en una niebla negra y espesa. Mis pasos se hicieron más cortos en aquel pasillo que me parecía más oscuro que nunca. Confundida, decidí dar la vuelta y dirigirme hacia el cuarto de mis padres. Iba tanteando las paredes y, por momentos, me detenía para abrir grandes los ojos y comprobar que en verdad no podía ver. Continué desplazándome a tientas mientras me aferraba con mis uñas de niña a las paredes. Se me hizo tan largo el trayecto que pensé que jamás llegaría al otro extremo. Pero lo logré.

—No veo.

Lo que siguió fue un caos: en pocos minutos estábamos en el carro rumbo al hospital. Recuerdo que me mantuve abrazada a mi mamá durante todo el trayecto. Nadie pronunció palabra alguna, pero si se sentía el nerviosismo de papá manejando rápido.

En el hospital permanecimos un buen rato sentados agarrados de las manos y en silencio. Fueron varios los doctores que después me revisaron y concluyeron que, con suerte, en unas horas me retornaría la vista. Mi error, según ellos, fue no haberme puesto los lentes protectores ante esa luz ultravioleta tan potente.

De regreso nadie habló, aunque se sentía la angustia en el ambiente. Permanecí con la cabeza recostada en el hombro de mi madre y los ojos cerrados durante todo el camino. Me daba pánico abrirlos.

Al llegar, caminé de la mano de mis padres. Fue en ese momento que recién me atreví a abrirlos muy despacio, sin querer separar las pestañas.

Poco a poco la luz se fue filtrando hasta que pude ver la puerta de bronce del edificio con la franja verde. Sin poder contener la sonrisa, sentí que volaba en los brazos de mi papá que me levantaba alto por el aire mirándome con sus ojos color miel.

Aquella felicidad duró muy poco. Al subir al apartamento mi hermana me mostró las cajas con los pollitos muertos.

Mujer en la calle

Salió apurada sin importarle la noche. Solo se escuchaba el sonido de sus tacones hasta que llegó a la avenida.

Desde allí continuó en zigzag entre los autos que la esquivaban o frenaban justo a tiempo.

Ella seguía por las calles con su mirada dirigida al vacío. Sólo se detuvo en los lugares que frecuentaba Juan. Una y otra vez preguntó por él sin obtener respuesta. En el café Central y en el hotel sobre la avenida Alcorta nadie parecía conocerlo.

Desorientada quiso llorar, pero no pudo. Las luces de la noche reflejaban calles húmedas, restos de la lluvia de la tarde. Un automóvil estacionado le recordó el objeto de su obsesión. No pudo resistir las ganas de tocarlo. Se peinó con los dedos y suspiró hondo. Lo mejor sería regresar a casa.

En ese momento descubrió que Juan siempre sería un fantasma.

Cabello de algodón

La llamada me sorprendió y me obligó a profundizar en la memoria. Retrocedí a esa etapa de mi vida que sentía tan lejana, quizás lo percibía de esa manera porque cambié de país en la temprana adolescencia. Esos primeros años me parecían tan remotos.

La escuela primaria la hice en Buenos Aires, en el colegio Wolfsohn. Su nombre completo, que para entonces me parecía muy largo y formal, era Escuela Hebrea de Educación Integral "David Wolfsohn". Allí pasé inolvidables momentos y aún hoy, a pesar del tiempo y la distancia, conservo muchas amistades de ese grupo de compañeritos a quienes dejé de ver durante tantos años porque el destino llevó a mi familia a mudarse a Venezuela.

Fue precisamente en el aniversario número treinta y cinco de graduación que, a través de mi tía Eva, me contactaron en Caracas para que viajara a Buenos Aires a compartir esa celebración. Querían volver a reunir a ese grupo de niños, hoy adultos, quienes muchos de ellos —como en mi caso— ya no vivían en Argentina o habían perdido el contacto a través de los años.

Me detuve a recordarlos y logré visualizar a algunos en sus uniformes de saco marrón con escudo bordado representando al León de Judá en amarillo. Los varones usaban pantalón gris y las niñas jumper del mismo color con un cinturón marrón confeccionado en lana y terminado en flecos. La camisa estaba adornada por un corbatín verde con puntitos blancos. Las medias y los zapatos eran marrones. Era imperativo que las suelas estuvieran bien lisas para poder resbalar por las rampas que descendían hacia el patio a la hora del recreo.

Era genial que no hubiera escaleras sino esas largas y anchas rampas inclinadas donde todos nos deslizábamos corriendo como en un gran tobogán. La mayor diversión era correr hasta llegar al final y para eso lo hacíamos desde el tercer piso para alcanzar mayor velocidad. De vez en cuando nos esperaba alguna profesora para llamarnos la atención, pero ya habíamos llegado abajo y casi siempre nos perdonaba. Yo me preguntaba ¿para qué están las rampas si no son para bajarlas corriendo?

Una mañana nos honró con su visita David Ben-Gurion, quien se encontraba en Buenos Aires en misión especial representando al Estado de Israel. Días previos a su llegada, el director del Departamento de Hebreo, Jaime Krejner, nos había contagiado la emoción de que conoceríamos a un gran hombre.

Recuerdo que nos hicieron formar una fila a la entrada del colegio. A nuestras espaldas estaba el muro donde, cada tanto, grupos antisemitas pintaban esvásticas en negro. Aunque la gente del colegio se encargaba de cubrirlas con pintura blanca, siempre quedaba una huella, una sombra. Cuando él se paró frente a nosotros levantó su mirada y lo vimos pensativo mirando hacia la pared blanca, pero eso no lo perturbó, sino que de repente parecía más alto y nos observaba con orgullo.

A paso lento, comenzó a saludar a cada uno de los niños con un fuerte apretón de manos y una tierna sonrisa. Su mirada fija y profunda nos hacía sentir únicos. Casi era de nuestra altura. Mucho después entendí por qué lo describían como un gran hombre. Yo me moría de ganas de tocarle el cabello abultado a ambos lados de su cabeza como enormes copos de algodón. Cuando llegó mi turno, no aguanté más y le pregunté si me dejaba tocarle el pelo.

Enseguida contestó que sí y fue cuando mágicamente fue rodeado por todo el grupo que se acercó a abrazarlo. Él respondió abriendo sus brazos y permitiendo que le acariciáramos el pelo. Esa imagen permanece aún nítida en mi memoria.

En algún momento de nuestras vidas

La última vez que los vi fue cuando teníamos entre doce y trece años. Me pregunté qué habría sido de ellos y si todavía nos reconoceríamos sin necesidad de llevar etiquetas con nuestros nombres.

¿Llevarán fotos de sus familias?, ¿qué camino habrán tomado sus vidas?, ¿quiénes de los varones estarán llenos de canas? Y las chicas, ¿cuántas de ellas se habrán hecho la cirugía estética?, ¿seguirán delgadas las que eran flacas y gorditas las que así lo eran? De éstas, y otras tantas preguntas, obtendría las respuestas si finalmente me decidía a viajar a la Argentina para el reencuentro. Esa noche no pude pegar un ojo.

Se me aparecían las caras de esos niños a quienes dejé atrás cuando me mudé de país. A la primera que vi fue a Miriam. Llegó al colegio en quinto grado y enseguida nos hicimos grandes amigas. Su cara, totalmente cubierta de pecas, estaba enmarcada por una cabellera oscura y brillante. Secretamente, yo también quería tener pecas y me miraba al espejo buscando minuciosamente algunas. Recordé, por un momento, lo mucho que me alegré cuando conseguí tres de ellas en el tabique de mi nariz. Mi amiga tenía una perra salchicha que se llamaba Lassie. Un día aconteció una situación difícil cuando uno de los compañeros exigió al grupo que le dejaran de hablar, que le hicieran "el vacío". La razón era que ella no había querido aceptar ser su novia, y eso a él lo enojó. La mayoría de los niños le hicieron caso a esa orden tan cruel, pero no todos, ¡yo no!

Otro que me vino a la memoria fue Moti. Como todas las tardes, a la salida del colegio, yo estaba sentada en la combi. Me gustaba llegar de primera para reservarle un puesto. Esa tarde, me preguntaba: "¿qué pasará con Moti que no llega?". Ya estaban casi todos los demás montados y el chófer tenía cara de querer arrancar. Volteé a mirar por el vidrio trasero y observé que hasta el cieguito que vendía caramelos se estaba yendo. En eso entró Moti, apurado, con el cabello desordenado y un mechón que cubría uno de sus ojos verdes. Se sentó a mi lado, como todos los días, y sacó la bolsita con los dos sánduches de dulce de leche. Él siempre se comía uno y el otro me lo daba. Por eso fue mi noviecito de cuarto grado.

A Elías y a Saúl los vi como un combo porque siempre estaban juntos haciendo travesuras. Eran lo que se dice un dúo dinámico. Siempre juntos en el recreo y en el salón de clase se sentaban uno detrás del otro. Eran inseparables y sus respectivas familias se conocían de toda la vida y además eran vecinos. Elías, tenía cara de tremendo. Su abuelo había sido uno de los fundadores del colegio, así que tenía permiso implícito para cometer cualquier diablura. Saúl tenía una mirada atenta que absorbía todo a su paso. Aquel día en la clase de tallado de madera nos percatamos de que ambos discutían y vimos a Saúl volar por los aires. Nadie entendía lo que había pasado, hasta que vinieron a buscarlo para llevarlo a la enfermería. Después nos enteramos de que Elías le había clavado en el trasero parte de la gubia que usábamos para tallar en la clase de manualidades.

Seguían apareciendo las otras caras como en diapositivas. Apareció Rina con su ondulada y dorada cabellera. A Celia, una rubiecita de ojos verdes, la vi sentada en el círculo jugando con todos a La Botellita —los varones siempre querían que les tocara con ella—, después se volvió actriz. La última que se me apareció antes de caer dormida fue Ada, con sus ojitos achinados y pelo castaño muy liso, pero enseguida me estremecí al verla en un charco de sangre en medio de los vidrios del ventanal roto... ¡Estábamos una al lado de la otra cuando nos mandaron a hacer la vertical! Esa misma noche decidí ir al reencuentro, sería una gran aventura llena de emociones.

***

El colegio era un edificio de cuatro pisos. Constaba de educación preescolar, primaria, secundaria nacional y comercial. Yo solo cursé la primaria allí. Además del edificio, el colegio era propietario de Camet, un sitio de vacaciones en Mar del Plata, una quinta en Don Torcuato y un campamento sobre el Lago Mascardi, en Bariloche.

Los grados se dividían en dos secciones. Los salones de clase y la dirección estaban arriba. Abajo estaba el patio, el comedor y el salón de eventos donde hacíamos los actos escolares.

Los recreos eran muy divertidos porque salíamos todos disparados a bajar por las rampas. También jugábamos con figuritas de cartón redondas y duras que apoyábamos inclinadas contra la pared. Ganaba el que lograra tumbar más y se llevaba todas las que habían caído. Otra actividad era ir al patio a jugar Majanaim.

Muchas veces cuando llegaba al colegio veía esvásticas pintadas en las paredes de una calle colateral y firmadas con la palabra "Tacuara", un grupo antisemita argentino. Las mandaban a limpiar y al poco tiempo reaparecían.

Otro evento que me viene a la memoria es cuando las niñas hicimos nuestro *Bat-Mitzvah* en sexto grado. Rezamos en grupo y nos regalaron una pequeña menorá a cada una. El director nos habló, entre otras cosas, del Holocausto y nos dijo que este colegio nos preparaba para saber que en algún momento de nuestras vidas nos pudiera tocar emigrar. Que es común que, cada dos o tres generaciones, los judíos tengamos que mudarnos de país por alguna u otra razón y recomenzar en otras latitudes, que sepamos eso, enfatizó.

Nunca olvidé sus palabras, y —en efecto— en septiembre de 1971 emigré con mis padres y hermanos a Caracas, Venezuela. Allí viví la adolescencia, terminé mi carrera, y en 1978 me estaba casando después de un noviazgo de cuatro años. Al momento que escribo estas líneas vivimos en Miami con nuestros hijos ya adultos, y con nietos nacidos en suelo americano.

***

El evento estaba planeado para realizarse en un salón de fiestas donde nos ofrecerían una cena sencilla. Tomé un taxi en la puerta del hotel y de los nervios no encontraba la dirección. Se me caían las cosas de la mano mientras sacaba todo de la cartera. Por fin, la encontré y durante todo el camino sentí un temblorcito constante en un ojo.

Comencé a sacarle tema al taxista para tranquilizarme. Como cosa rara en los taxistas, el hombre no me seguía la conversación. Entonces me puse a pensar... ¿Será que me van a reconocer enseguida?, ¿y si soy yo la que no los reconoce?, si eso pasara con alguno, esperaré a que sea llamado por su nombre para no hacerlo sentir mal. Seguro que eso me pasará con los varones porque el paso del tiempo se ve más evidente en ellos. En cambio, las chicas se tiñen el pelo, hacen dietas y hasta algunas se hacen sus retoques por aquí y por allá.

En medio de mis pensamientos, escuché la voz del taxista. "Ya llegamos señora", dijo casi con un bostezo. Me bajé despacio, me estiré con calma y entré de una vez, pero con el corazón apretado. Y qué gran sensación de alivio cuando al entrar el grupito que ya había llegado exclamó al unísono: ¡Claudia Prengler!, y se acercaron a abrazarme… (y eso que entré sin la etiqueta con mi nombre).

2. VEN

"Cuando pronuncio la palabra FUTURO, la primera sílaba pertenece ya al pasado.
Cuando pronuncio la palabra SILENCIO, lo destruyo.
Cuando pronuncio la palabra NADA, creo algo que cabe en ninguna no-existencia".

Wislawa Szymborska

Las orquídeas de Mariela

La señora Mariela pasaba las tardes en su enorme silla de mimbre instalada en una esquina del patio de su casa.

Allí se podían encontrar las diversas especies de orquídeas: Phalaenopsis, Cymbidiums, Vandas y, sus consentidas, las Catleyas. Como era obesa y sufría de diabetes, prefería trabajar desde muy temprano para evitar el calor de la tarde. Vivía en Caracas, en una casa de los años cuarenta, de tejas rojas y blanca por fuera que tenía un balconcito enmarcado por cuatro columnas de madera con silueta de mujer. Lo más importante: un patio grande con mucha luz donde, para su regocijo, floreaban las orquídeas.

Luis era el cliente favorito de la señora Mariela. Ella siempre le reservaba las mejores plantas. Lo conocía desde que él tenía diez años, cuando comenzó a frecuentar el patio. La primera vez él fue con su mamá. Vivían a una cuadra y siempre pasaban por el frente de esa casa, pero un domingo muy soleado decidieron entrar. Después, el niño continuó yendo solo a la salida de la escuela. En aquellos años, Luisito, como ella lo llamaba, disfrutaba ayudándola en el jardín.

Una tarde en que Luisito se paseaba por donde exhibían las matas escuchó un ruido estruendoso y se volteó en forma brusca, tumbando una que estaba en el estante. Se quedó estático y su cara enrojeció. Sintió que el labio inferior le temblaba y permaneció observando el pote de cerámica hecho añicos y la flor un poco estropeada pegada al piso.

Al levantar la cabeza su mirada se topó con la de la señora Mariela quien se acercaba por el largo pasillo, esta vez, ayudada por un bastón. En ese momento comprendió lo que había ocasionado ese ruido muy fuerte.

El niño se quedó esperando el regaño; sin embargo, Mariela le pasó la mano por la cabeza y, levantándole el mentón, le regaló una sonrisa tierna. Entre los dos recogieron los pedazos y acomodaron la mata lo mejor posible.

A medida que pasaba el tiempo, el muchachito, que ya se había convertido en un joven, continuó con su fascinación por las orquídeas. Fue ella quien le enseñó a distinguir entre las especies existentes, el arte de cultivarlas, y a tratar las enfermedades de las hojas. Luis compraba al menos dos matas por año, hasta que armó su propio orquidiario en el jardín de su casa. Cuando alguna de ellas florecía era el regalo perfecto para el día de la madre, y cuando tuvo su primera novia le bastaba conseguir una cajita transparente y acomodarle allí la más hermosa.

A finales de septiembre pasó por la casa de la señora Mariela. Le explicó que requería una planta especial que estuviera floreada. En esos días, iba a ser el cumpleaños de su novia.

—Tengo la que necesitas —comentó ella mientras se levantaba con dificultad. Caminaron muy despacio hasta la parte más escondida del patio: una flor voluptuosa se asomaba por detrás de una hoja todavía húmeda.

—Es perfecta —dijo, sin poder quitarle la vista.

A los pocos días, Luis visitó a su novia con esa orquídea, de la especie Catleya. Era morada oscura en el centro, con un dejo de amarillo brillante hacia el fondo, y rodeada por cinco pétalos muy blancos.

Bajaba la calle desde la esquina ya que no había conseguido estacionar frente al edificio. Su paso era lento y cauteloso; la calle Soublette era muy empinada. Desde la puerta, su novia lo observaba acercarse. Fue un instante, pero durante el momento en que sus miradas se encontraban, el joven resbaló y dejó caer la maceta contra el piso.

Entonces también sucedió algo extraño. Mientras Luis rodaba calle abajo, cruzó por su mente la imagen de cuando era niño, parado frente al matero de orquídeas hecho añicos; y volvió a sentir la mirada fija de la señora Mariela, pero esta vez no tan comprensiva.

Lentamente logró incorporarse hasta ponerse de pie con la maceta y la orquídea en perfecto estado. Era imposible no admirar tanta belleza. Los novios se besaron.

Una raya de tiza en el suelo

Un muchachito de cara triste y piernas delgadas la ayudó a bajarse del carro. De la mano y con paso lento llegaron hasta la puerta de hierro, entonces el joven la cerró y partió sin decir palabra.

Isabel se quedó parada en silencio, esperando sin saber que sucedía, hasta que apareció una mujer de cabellos claros y robusta, con un nombre bordado en su bata azul de enfermera, por eso supo que se llamaba Estela.

Sin dirigirle la palabra la llevó por un pasillo oscuro hasta que llegaron al amplio patio. Una vez allí la ayudó a sentarse en una de las tantas sillas apoyadas en la pared que demarcaban el rectángulo del viejo patio interno de la casa.

Isabel atinó a levantar la mirada que se cruzó con varios pares de ojos que la observaban fijamente. Sin saber qué hacer bajó la cabeza y se quedó allí sentada un buen rato con sus manos levemente entrelazadas.

Como si fuese un sueño, en su cabeza se preguntaba: "¿qué hago yo aquí?, ¿quiénes son estas personas?". Allí permaneció por un largo rato haciéndose preguntas a sí misma, pero no quiso levantar los ojos. Finalmente, el cansancio la venció y se fue adormeciendo bajo el tibio sol de la tarde. Pasado un rato despertó sobresaltada comprobando que no había sido un sueño, sino una triste realidad. Se encontraba en un lugar totalmente ajeno a su ambiente y entre gente desconocida.

Estela llegó entonces, apurada, dando instrucciones al grupo sobre horarios y explicaciones que Isabel no lograba entender. Seguidamente, ayudada por una monja, trajo las bandejas con una insípida sopa de verduras que iban colocando en pequeñas mesas individuales.

***

Años más tarde, en una visita que hice al pueblo, supe que a la vieja Isabel se la habían llevado al geriátrico. Enseguida vinieron a mi mente escenas de mis tiempos de recién casada, cuando acompañé a mi esposo a hacer su internado rural.

Vi muy clara la imagen de Isabel con la blanca sonrisa que contrastaba con su piel oscura y en sus manos una pequeña canasta de huevos criollos, esa fue su forma de presentarse el día de nuestra llegada. Al día siguiente se apareció con escoba en mano y se apropió de la casa y de mí, sin yo habérselo pedido. Sin darme cuenta ya era parte de nuestra vida.

Recuerdo que en esa primera semana nos trajo una olla inmensa de guiso de mondongo recién hecho, y sin yo decirle, sacó una plancha de algún lugar remoto donde yo la había guardado y se puso a alisar las camisas y batas de médico de mi flamante esposo.

Ella pasó a ser nuestra protectora y representante ante los habitantes del pueblo. Sabía nuestros horarios, lo que comíamos, qué novela veíamos por la noche, y hasta nuestros más recónditos secretos.

Isabel siempre estaba de buen humor, llegaba temprano con su vestido de flores y unas chancletas de plástico que sonaban a cada paso. Su caminar era lento, pero seguro. Apenas llegaba se metía en la cocina y al poco rato ya tenía listas las arepas que eran su especialidad. La masa le quedaba perfecta, les daba la forma en un santiamén y a fuego lento las iba tostando mientras preparaba el sofrito de cebolla y tomate para hacer el perico. Todavía me llega el aroma de esos desayunos.

También conocía la historia de cada uno de quienes moraban allí, que si la peluquera se peleaba con la hermana, que si el escritor del pueblo y su esposa habían adoptado a un niño y a qué hora salía el borrachito del pueblo a deambular por las calles, quien además era su hijo cuarentón.

La vieja Isabel era muy sabia en muchos menesteres. Recuerdo el día en que se le ocurrió marcar con tiza en el pavimento unos cuadrados para formar fila, cada uno con un número, cual rayuela, para que quienes acudían a la medicatura cada mañana no se aglomeraran en la puerta para ser atendidos de primeros. Esa fue la salvación para su doctorcito, como ella lo llamaba. Tomó mucho tiempo hasta que los pacientes se acostumbraron a esperar en orden, después de varias tizas gastadas en la faena.

***

Cuando volví en mí, me apresuré para llegar al geriátrico que quedaba tan solo a pocas cuadras. Entré por el largo pasillo, atravesé el patio y pregunté por Isabel Cruz, pero la cama estaba vacía.

Sin eco

En un pueblito a las afueras de la ciudad un grupo de hombres se reúne en la taberna.

Esteban cumple sesenta y siete años y por ser el mayor decide que él invitará a todos a desayunar. Entre risas y cuentos disfrutan el momento, se muestran fotos de la familia y cierran algún trato.

Antes del mediodía, Esteban se despide con una reverencia graciosa, dejándoles saber que lamenta retirarse tan pronto pues su esposa le tiene una sorpresa. Se ríe con picardía del gesto de su mujer, y les recuerda a aquellos hombres que en un rato deben encontrarse en el chiquero.

El grupo está formado por Jacinto, un jovencito de mirada oscura y dos hermanos que rondan los cuarenta (al de tez morena le dicen Rafa y al catire lo llaman Chúo). Jacinto decide pasar a visitar a su novia, pues hacía varios días que no se veían, por lo que corrieron al ansiado cuarto al final del patio aprovechando que los padres de ella andaban por la capital.

Chúo y Rafa salen juntos de la taberna y se montan en una camioneta *pick up*. Se dirigen como todos los jueves al mercado central a comprar los vegetales que acompañarían al plato principal. Chúo es un solterón empedernido que disfruta sentarse en su reposera a rayas para ver a las chicas pasar. Rafa, quien es un año menor, es muy introvertido y hay que sacarle las palabras con cucharita. Tiene esposa y dos hijos adolescentes que siempre están metiéndose en problemas. Sin embargo, son muy útiles para colaborar en las faenas domésticas y con los animales del corral.

Cerca de las cuatro de la tarde se agrupan para colocar al cerdo sobre el tablón donde pretenden sacrificarlo. Uno de ellos comenta que ha sido una buena decisión hacerlo entre varios, porque el animal es fuerte y se resiste. El cerdo sacude con desenfreno sus cortas patas. Por fin, logran acostarlo de medio lado sujetándole las orejas. El animal abre los ojos como pidiendo clemencia. Da la impresión de que advierte lo inevitable.

Esteban es el primero en clavarle un largo y afilado punzón en el cuello. El chillido del animal es desgarrador, la sangre comienza a brotar, y sus pequeñísimos ojos titilan desesperados. La intensidad de los chillidos es cada vez más fuerte, aunque sin eco. El cerdo lucha con todo su cuerpo, patalea, pero los hombres continúan con la matanza. Catorce interminables minutos es el tiempo en que sufre, chilla, agoniza y finalmente muere.

Ahora que el trabajo terminó, los hombres se despiden con apretones de manos, satisfechos por la labor cumplida. Una cena caliente los espera en casa.

Magali

Era persona de pocas palabras. Sus labios apenas se torcían cuando iba a sonreír, pero ahí quedaban, apretados en una sola mueca.

Tenía ojos pequeños de un verde insulso que se asomaban bajo unas cejas casi imperceptibles. De tez blanca, su rostro ovalado estaba enmarcado por una cabellera oscura que apenas le rozaba los hombros. Casi siempre llevaba una cola de caballo peinada hacia arriba, dejando caer su pelo liso y brillante.

Su niñez la vivió en una zona montañosa de clima fresco en donde sus primeros años se desarrollaron con más tristezas que alegrías. Aunque era callada, en ocasiones contaba alguna de sus historias.

Ante la curiosidad de mi hijo menor, quien la abordaba a preguntas, ella lentamente comenzaba a narrarlas.

—¿Cómo era vivir en la montaña cuando eras una niña? ¿Quién te enseñó a hacer las arepas tan ricas que me preparas por las mañanas? ¿Cómo era tu mamá?

—Ya te cuento, —decía con su voz ronca y tono amable, mientras le servía la merienda.

Cuando Magali se adentraba en sus historias lograba reencontrarse con su pasado. De repente su mirada se llenaba de vida, adquiría un brillo inusual; y no porque fuera un relato feliz sino porque, por fin, alguien sentía un interés genuino por su vida.

—Yo era una niña tímida y obediente. Me gustaba refugiarme en la soledad de la montaña que era hermosa, y aunque tenía algunas zonas secas, en general, era muy verde y cubierta por flores amarillas. Había muchos frailejones, unas matas que parecían cactus de hojas largas, pero eran suaves y de un color verde desteñido. Del centro subía un tallo largo con una flor cerrada. Mi casa era muy sencilla y siempre estaba fría. Mi único suéter, aunque algo deshilachado, cumplía su misión. Yo lo cuidaba con esmero, al igual que a toda la ropa, que lavaba y colgaba en el tendedero del pequeño patio trasero. Para ir al pueblo teníamos que bajar por un camino de piedras que terminaba en un sendero de tierra. Desde allí nos tomaba como unos veinte minutos a pie. Aún conservo la imagen de los niños del páramo caminando en silencio, todos con los cachetes rosados y algo peladitos por las bajas temperaturas.

Magali nos contó que su mamá fue quien le enseñó a hacer las arepas. A sus ocho añitos debía levantarse a las cuatro de la madrugada a preparar la masa de maíz para así colocarla en un budare sobre una gran hornilla de hierro. De pronto, se detuvo solo por un instante. Al retomar el hilo de su historia, noté un cambio de expresión en su rostro, una mezcla de resignación con valentía, aquella necesaria para continuar el relato.

—Un día las arepas se me pasaron de tiempo. Quedaron duras, todas quemadas. Mi mamá me las restregó calientes con fuerza en mi cara. "Para que eso no vuelva a pasar", me dijo y enseguida me untó clara de huevo en mis mejillas para evitar que me salieran ampollas. Esa fue la primera y la última vez que se me quemaron las arepas.

Cuando terminó de hablar quise demostrar mi empatía, pero no pude emitir ninguna palabra. Permanecí callada por largos segundos.

Al voltear, me topé con los ojos de mi pequeño hijo quien todavía parecía estar procesando el final de la historia. Sin embargo, fue él quien rompió el silencio. Con voz tímida le preguntó: "¿Puedes contarle a mami la vez que te encontraron piojos?".

Magali le devolvió una sonrisa que era un regalo para mi hijo. No era amarga, apenas suave, con un dejo de tristeza.

—En mi escuela empezaron a revisar las cabezas de todos los niños porque habían descubierto que algunos tenían piojos. La maestra pasó por cada uno de nosotros y a mí me encontraron bastantes. Me dio mucha vergüenza, casi que escondí mi cabeza entre las piernas. Los niños que estaban cerca empezaron a burlarse y, a empujones, me acorralaron hasta apretarme contra el pizarrón. Cuando llegué a casa, mi mamá me pegó, me cortó el pelo y me afeitó la cabeza completa. Al día siguiente no quería ir a la escuela y me quedé jugando con las piedritas cerca del río, pero mi mamá me gritó que ya mismo tomara el camino montaña abajo, que si no me daría tremenda pela. Me consoló tener cubierta mi cabeza recién rapada con un pañuelo grande. Era negro con líneas rojas.

La voz de Magali comenzó a apagarse. Sin embargo, logró continuar:

—Todo iba bien hasta que sonó el timbre del recreo. Sentí miedo y demoré en salir. Al rato abandoné el aula y me acomodé en una esquina del patio, cuando de la nada aparecieron unos niños que intentaban quitarme el pañuelo. Logré correr, aunque sabía que no tendría escapatoria. Ellos gritaban y se reían estirando sus brazos hacia mi cabeza. Yo podía sentir el roce de sus dedos. Desesperada, buscaba donde cobijarme, pero era todo en vano. Me arrancaron el pañuelo y se lo lanzaban unos a los otros. Yo intentaba con las manos cubrir mi cabeza rapada, pero finalmente opté por taparme los oídos para no seguir oyendo las risas burlonas. Entonces corrí con todas mis fuerzas sin mirar atrás y ya casi sin aliento subí la escalinata de piedra que llevaba a mi casa. Me fui directo al cuarto que compartía con mis tres hermanas y allí me quedé llorando hasta que me dormí.

Cuando terminó de hablar, Magali tenía los ojos húmedos. Esta vez mi hijo no preguntó por otra historia, simplemente la abrazó.

Esa mañana

Los martes y jueves eran los días asignados para realizar las terapias de lenguaje a domicilio.

Como era rutina, comencé temprano en la casa de mi primera paciente del día. La terapia estaba pautada para realizarse de nueve a diez de la mañana. Llegué a su edificio en Valle Arriba. Con calma busqué mi carpeta y la caja de objetos para practicar los ejercicios.

Me movía como en cámara lenta porque había llegado unos minutos temprano a la cita. La señora me esperaba en su silla de cuero color granate situada en una esquina del comedor diario.

Yo me acomodaba frente a ella dando la espalda a la barra de granito donde había un televisor pequeño, además de un hermoso frutero confeccionado con distintos tipos de maderas que me recordaba mis visitas al pueblito de Tintorero, a las afueras de Barquisimeto.

Ella siempre me esperaba con un peinado de peluquería y recién maquillada como si fuera a una fiesta. Así la tenía lista la muchacha que la cuidaba. La señora provenía de una familia libanesa anclada en Venezuela hacía ya varias generaciones. Recuerdo sus intensos ojos verdes que resaltaban en su piel cobriza.

Cariñosamente la llamaban Zule, rondaba los setenta y era de contextura gruesa, pero no gorda. Comenzamos la sesión con los ejercicios de costumbre. Zule se comunicaba por medio de palabras aisladas debido a un accidente cerebrovascular sufrido unos meses atrás, que le había dejado como secuela una afasia expresiva.

Todo iba bien hasta el momento que comenzó a desesperarse tratando de decir algo que yo no lograba entender. Su mirada de terror estaba acompañada de gemidos angustiosos que aparecieron de repente, rompiendo la monotonía de la actividad.

Me desconcertó la cantidad de sonidos guturales que salían de sus entrañas con gritos de vocales aisladas. Solo atiné a tratar de calmarla tomándole las manos.

Le pedí que me mirara, y le dije que si no se sentía bien haríamos la sesión otro día, y que lo mejor sería dejarlo hasta acá. En ese momento llegó la muchacha que había estado afuera haciendo compras, y aproveché para retirarme. Para evitar que se alterara aún más le informé que regresaría el jueves. Supuse que era una de esas crisis que a veces suceden en mitad de las terapias cuando los pacientes se cansan y no quiere continuar, pero ésta era mucho más fuerte.

Mientras me dirigía a la casa del próximo paciente se me ocurrió prender la radio. Fue entonces cuando escuché la noticia del atentado a las Torres Gemelas. No lo podía creer. Cambiaba las estaciones de radio, pero todas informaban lo mismo. Me tuve que estacionar a un lado de la calle para recuperar el aliento, intentando entender lo que describía el locutor.

Busqué el teléfono público más cercano y llamé a la casa de la señora libanesa. Me atendió su cuidadora quien al oír mi voz no me dio tiempo de preguntar nada, y de una vez me dijo que la señora Zule había visto las imágenes en el pequeño televisor. Pues claro, pensé, si ella lo tenía enfrente. ¿Cómo es que ni siquiera me volteé?

Continuó explicándome que uno de los hijos de la señora vivía en Nueva York y trabajaba en las Torres Gemelas, y que a los pocos minutos después de haberme ido, llegó la hija a informarle que esa mañana él no llegó a la oficina. Se había quedado dormido.

Despedida

Cuando pienso en mi papá, me viene la imagen de su última mirada tierna y diáfana en el hospital. Claramente ésa fue la despedida.

Permanecimos conectados por unos segundos eternos, sentí sus ojos color miel sobre los míos como diciendo "ya no puedo, hasta aquí llegué. Me voy tranquilo. Creo haber cumplido bien mi tarea de padre. Ahora sigue sin mí…"

Escribo estas líneas y, aún hoy, a un año de su muerte siento que su desaparición física no es real. Y sin embargo, la asumí en su entierro y diez meses más tarde ante su lápida.

Estábamos unidos por esa sensación de comunicación que sucede cuando te miran a los ojos y percibes que te hablan. Él sabía que estaba parada allí a pesar de estar totalmente forrada con ese traje de papel azul, tapabocas, gorro y guantes que nos obligaban a usar en la terapia intensiva.

Él quería seguir viviendo. Se aferraba a cada probabilidad de esperanza, que al rato se desvanecía con otra complicación médica que nuevamente lograban resolver. Hasta que llegó un momento cuando noté que su mirada ya no me pertenecía, se había desviado hacia los ojos azules transparentes de mi mamá. En ese instante fue cuando percibí que ella también estaba a mi lado, y opté por retirarme dejándolos en la intimidad de sus miradas que serían las últimas luego de sesenta y dos años de amor.

Desde la puerta me quedé observándolos mientras que en mi mente resonaban esas preguntas cotidianas que él solía hacer: "¿Dónde estás?, ¿qué hacen?, ¿cómo están los chicos?, quedáte tranquila..."

3. NORTE

"La ficción es la mentira a través de la cual decimos la verdad".

Albert Camus

La decisión

Durante meses permaneció en la mesita de luz aquel contrato de trabajo que sería el pasaporte para irnos de Venezuela.

La decisión no era fácil. Pasábamos períodos intermitentes de negación y dudas. Teníamos miedo de salir de nuestro sitio de confort que aún manteníamos con mucho esfuerzo: nuestros trabajos, las cenas de los viernes en casa de mis padres y los domingos en casa de los suegros, los cumpleaños de cada integrante de una familia que crecía, un círculo de amistades de toda una vida, y tantas otras cosas que nos ataban a Venezuela.

Sin embargo, todo esto contrastaba con la mala situación general del país, donde la desidia y la inseguridad personal iban empeorando nuestro día a día.

Una mañana se me ocurrió ir al centro a realizar unos trámites en la alcaldía. Hacía años que no tomaba el metro. Noté que el aire acondicionado no funcionaba pero, como era temprano y los vagones venían casi vacíos, estaba cómoda y tranquila. En poco tiempo llegué a la oficina donde para ser atendida hice una cola considerable de más de una hora, llené mis formularios y me indicaron que volviera en unos quince días.

Decidí regresar a casa en metro. Esta vez me monté con dificultad por el gentío que ya se acumulaba. Eran las doce del mediodía y el calor pegaba fuerte cuando conseguí un rincón cerca de la puerta. Comencé a observar a los pasajeros y noté que todos tenían la cabeza gacha y un copioso sudor se les deslizaba hasta el mentón.

Sin pensarlo, me quejé del calor y que por qué no había aire acondicionado, pero nadie contestaba, ni siquiera levantaron la cabeza. Todos seguían en silencio, con la mirada fija en el piso.

Se me ocurrió la mala idea de preguntar:

—¿Qué pasa? ¿Por qué nadie habla?

En ese momento, un hombre con tono agresivo, dijo:

—¡Cállate, o te me bajas del tren!

¿Del tren? Era la primera vez que oía llamar de esa manera al Metro de Caracas. Me animé a mirarlo a los ojos y me topé con una fulminante mirada gatuna.

Me repitió:

—Bájese y deje la crítica. ¡Bájese ya!

—Pero ¿cómo? ¿Venezuela no es de todos? —alcancé a preguntar.

El hombre insistió en que me bajara de inmediato mientras sostenía en alto un *walkie talkie* que parecía un gran ladrillo negro. En ese momento me empezó a recorrer un escalofrío incómodo por la espalda. Mientras trataba de acércame a la puerta los pasajeros seguían sin decir palabra ni levantar la cabeza.

Recuerdo que me parecieron infinitos los segundos que tardó la puerta en abrirse. Por fin en el andén, pensé que sería imprudente salir a la calle. El hombre de los ojos de gato podría llamar por radio a alguien para que me hiciera daño.

Decidí agarrar otro vagón, pero cuando me iba a subir cambié de opinión: esperaría el próximo. Las puertas se cerraron y me llevé otra sorpresa: un dibujo con la cara del Ché Guevara ocupaba parte del vagón.

Me costó creer lo que veía. Sentí miedo, ¿dónde estábamos? Enseguida llegó el siguiente y me monté sintiendo mis propios latidos.

Me bajé en la estación Altamira y subí corriendo las escaleras. A media cuadra divisé una línea de taxis. Pensé decirle al chófer que me llevara a donde mis padres que vivían muy cerca, pero finalmente le di la dirección de mi casa. Durante los quince minutos que duró el viaje permanecí en silencio.

Al día siguiente apareció firmado el contrato.

Aviones

Ya se escuchaba el ruido ensordecedor de los bombarderos sobrevolando las afueras de Lukow.

Rivka se encontraba allí con el menor de sus diez hijos, de apenas siete años, quien como era costumbre la acompañaba en sus quehaceres diarios. Esa mañana soleada estaban regresando de comprar verduras en las cercanías del pueblo. Sin advertir ningún peligro, al niño le embargó una gran emoción cuando al levantar su mirada observó a un grupo de aviones que en forma ordenada surcaban el cielo como una bandada de pájaros.

—Mamá, ¡mira esos aviones! —dijo, señalándolos con su dedito inocente, —cuando llegue a la casa los voy a dibujar.

Su madre solo atinó a pestañear para asegurarse de lo que estaba viendo. Sintió correr un escalofrío que le subía por el cuerpo y no dudó en tomar con firmeza la mano de su hijo y correr juntos sin mirar atrás. Comenzaba el mes de septiembre de 1939.

Su hermana Braja, con su bebita en brazos y el delantal salpicado de harina, les abrió la puerta de inmediato al escuchar los repetidos golpes que resonaban en la vieja puerta de madera. La masa para el pan de los viernes reposaba en el ancho mesón con la trenza a medio hacer.

Pasaban los días y los meses, y la situación para los judíos iba empeorando. Ahora corría el año 1941 y el rumor de que los confinarían en el gueto de Lukow. Todos serían sacados de sus casas para ser apiñados en una pequeña zona establecida por el ejército alemán invasor.

Ya casi estaba levantado el muro que los cercaría, donde familias enteras de judíos de Lukow y de otros pueblos cercanos tendrían que aglomerarse en condiciones inhumanas. Se comentaba de las deportaciones a campos de concentración de donde nadie regresaba.

Esa tarde el padre reunió a sus hijos porque debía decirles algo muy importante. Una vez allí, les mostró el sitio preciso del patio trasero de su casa en donde había escondido unos diamantes. Les comentó lo que había contado Jaim, un joven que logró escapar saltando de uno de los trenes de la muerte. El muchacho había logrado romper un pedazo de madera podrida y deslizar su delgado cuerpo para abalanzarse a la nieve. Fue una suerte que resultara vivo después de esa proeza, ya que los guardias solían disparar a los que se lanzaban. El padre continuó hablándoles en forma pausada y sin titubeos, el tiempo estaba contado.

—Mis queridos hijos: Cuando nos llegue el momento de la deportación a los campos de exterminio no duden en saltar del tren. Sabemos que nadie regresa, y aunque no tenemos certeza de qué es lo que exactamente pasa, podemos imaginarnos.

—¿Cómo haremos los que tenemos niños? —preguntó uno de sus hijos.

—Ustedes sabrán qué hacer en ese momento, lo que decidan estará bien. En lo que a mí respecta, dudo que mi condición física me ayude, pero lo haría también si se presenta la situación. Más adelante, el padre con su esposa y algunos miembros de la familia lograrían permanecer ocultos y a salvo por un tiempo.

El padre continuó con un discurso claro y enfático.

—Si logran saltar del tren corran hacia los bosques sin mirar atrás. Deben seguir corriendo, aunque oigan gritos y disparos. Corran, ¡corran con todas las fuerzas hasta desaparecer entre los tupidos árboles!

Cuando esta pesadilla termine, aquí estarán los brillantes. Esto les podrá servir para iniciar una nueva vida adonde quiera que vayan.

Primeros copos

Era una tarde tan oscura que parecía noche, y yo me encontraba mirando por la ventana del cuarto de mi bebé dormido.

Las luces altas de la calle iluminaban las aceras solitarias dando tantas sombras que parecía una fotografía en blanco y negro, y como de la nada, comenzaron a caer del cielo unas formas como pétalos de espuma, y enseguida a aparecer más y más.

Tengo que ver esto de cerca, pensé, debe ser que está nevando. Recién estábamos comenzando el mes de octubre, pero en Minnesota todo es posible. Bajé las escaleras a paso rápido y salí a la calle, al medio de la calle para ser precisa.

Levanté la vista y presencié la caída de los primeros copos de nieve. Alcé los brazos intentando agarrar cada uno de ellos que se deshacían entre mis manos. Hasta me llevé algunos a la boca que enseguida se volvieron agua entre mis labios. Comencé a dar vueltas y me reía sola sintiendo que era yo la única en el mundo y que todos esos copos tan suaves eran para mí.

Una vez más subí los brazos, estirándolos como queriendo tocar el cielo, y un cosquilleo me recorrió todo el cuerpo. Al abrir los ojos, mi mirada se encontró con las siluetas de los vecinos, todos mirándome pegados a sus ventanas. ¿Se habrían dado cuenta de que era la primera vez que yo veía la nieve?

En total esto duró unos pocos minutos, pero el gozo que sentí pareció más largo. Al entrar a la casa, la puerta permanecía aún abierta como la dejé. Corrí escaleras arriba y noté complacida que nuestro bebé seguía durmiendo plácidamente en su cuna.

Desde la pequeña ventana de su habitación seguí observando caer los delgados copos que se balanceaban y aparecían luminosos bajo la luz de los faroles. Permanecí parada allí hasta ver el paisaje volverse todo blanco, hasta las copas de los pinos.

Lapsus lingüístico

Después de pensarlo mucho, Victoria decidió comenzar estudios de posgrado mientras su esposo trabajaba largas horas en un hospital americano.

En un principio dudó porque no tenía ayuda, y con un niño de dos años y otro bebé en camino sería muy cuesta arriba.

En una de las llamadas telefónicas de los domingos, Victoria se lo comentó a sus padres. Ellos la escucharon atentamente. Victoria hablaba de su vida en familia, de un tiempo que se le escapaba en las tareas del día. Su madre no lo dudó: le ofreció muy pronto conseguirle a alguien.

Al cabo de un mes llegaron sus padres y trajeron a Glenia, una muchacha que rondaba los treinta, alta y morena, que enseguida le cayó muy simpática a Victoria. A los pocos días la casa empezó a funcionar muy bien con Glenia ayudando en los quehaceres domésticos y atendiendo al niño cuando ella se iba a clases. Todo marchaba perfecto, incluso su esposo se sentía contento porque su mujer estaba más tranquila y descansada.

Una tarde, sin embargo, Glenia le planteó que quería hacer un curso de inglés.

—Cuando usted lo disponga, claro está, —dijo con su radiante sonrisa.

Victoria aceptó ya que, después de todo, no era una mala idea. Si alguien llegaba o se presentaba una emergencia en la casa, cuando ella no estuviera, sería útil que Glenia se pudiera comunicar o, que por lo menos, entendiera un poco del idioma local.

Así, Victoria tuvo que adaptarse para que Glenia pudiera asistir a su curso de inglés básico que ofrecían en la escuela más cercana. Era en horario vespertino, es decir, que ahora le tocaba a Victoria llegar corriendo de la universidad a preparar la cena, recoger los juguetes desparramados, atender al niño para su baño y ponerlo a dormir, ya que Glenia llegaba cada vez más tarde.

Según la joven, le mandaban mucha tarea. Entonces le pareció buena idea reunirse con otros compañeros del grupo, porque, según confesaba, era muy mala para los idiomas. Victoria aceptó esa nueva petición por el bien de la paz en el hogar. Así fue como Glenia comenzó a llegar cada vez más tarde, aduciendo que las reuniones de estudio se prolongaban hasta altas horas de la noche.

El ambiente en la casa comenzó a tornarse más pesado y Victoria ya se estaba estresando. Glenia se quedaba más tiempo en la cama por las mañanas, el cansancio no la dejaba, decía. Victoria ya se sentía abrumada por sus clases, el cuidado del niño, preparar la cena y el desayuno temprano; el marido también necesitaba su ropa lista y la vianda del almuerzo que se llevaba al trabajo, pero ella ya tenía siete meses de embarazo y eso la cansaba aún más.

Una noche que terminó de dormir al niño, y viendo que Glenia todavía no había llegado, se le ocurrió revisar su habitación. Entró muy despacio y se sentó en la cama, por cierto, muy bien hecha, y notó que las sábanas eran muy finas. También se fijó en que los objetos a su alrededor mantenían un orden perfecto, como si durante meses nadie hubiera entrado al cuarto.

Entonces, fijó su mirada en el clóset. Lo primero que sacó del cajón fue un *baby doll* rojo transparente de delgados breteles y un delicado bordado en la parte superior. A su lado había otros y la ropa interior era toda de encaje. Solo piezas negras y rojas. Sintió la tentación de tocarlos y al introducir su mano se encontró con algo duro por debajo. Era una carpeta con el certificado de finalización del curso con fecha de un mes atrás. Victoria leyó en voz alta: *"English Course: FAIL for Absence"*.

Strudel de manzana

Esa tarde Bubele, como llamaban a la abuela, decidió que prepararía un strudel de manzana. Su nieta había invitado a una amiga a merendar y ese postre sería perfecto, ya que venían también los tres niños de la invitada.

Todos los ingredientes estaban al alcance, empezando por las manzanas que caían por montones a la sombra de los árboles. Bubele salió al patio trasero de la casa y al rato entró con una cesta de mimbre que rebosaba del ingrediente principal para hacer el famoso *strudel*. También fue a la despensa a buscar las nueces, la canela, los huevos, la mantequilla, las pasas, el azúcar y la harina, claro.

Mientras su nieta atendía a la bebita de pocos meses, la abuela se metió a la cocina y se puso a preparar el delicioso postre. Comenzó por mezclar los ingredientes hasta tener una masa, para luego dejarla plana con el palo de amasar, pero con cierto grosor para evitar que se rompiera.

"Es muy importante agregar muchas nueces", le decía a su nieta quien ya estaba a su lado observando la preparación. "Las nueces las ponés en una bolsita y le das así, con algo pesado, hasta que queden molidas, ¿entendiste?", le dijo con su acento argentino mezclado con europeo.

—Ahora hay que ir poniendo la masa a lo largo del *Pyrex* y encima le colocás la manzana unida con las nueces. Si querés le echás un poquito de canela —agregó Bubele.

Luego la cubrió con la otra capa de harina, la untó con yema de huevo y al horno. Enseguida el exquisito aroma a manzana asada impregnó el ambiente.

La visita avisó que llegaría un rato antes de lo previsto. Bubele pensó que el *strudel* recién sacado del horno iba a estar demasiado caliente.

—Lo voy a sacar afuera un ratito y así se enfría un poco mientras llega tu amiga —comentó.

La bebita se despertó y se acomodaron las tres en el sofá a ver las imágenes de los libros infantiles. Eso sí, cubiertas con una cobija en esos días de otoño en Minnesota.

—Ya es hora de traer a la casa el *strudel* —comentó Bubele y salió a buscarlo por la puerta trasera que daba al patio. Entonces se escuchó un grito desgarrador y la nieta salió rápido a su encuentro.

Allí estaba la abuela mirándose fijo con una ardilla robusta de ojos brillantes y cola frondosa parada sobre el *strudel* mientras se llevaba un trozo al hocico con sus patitas delanteras.

Bubele miró a su nieta y, suspirando, solo atinó a decir: "¡lástima, tenía tantas nueces!".

Pánico en la autopista

Mi amiga Jane Marie, con la que voy al museo todos los lunes a entrenamiento como docente, accedió a ayudarme, y me acompaña en mi viacrucis para enfrentar al monstruo que me espera: la autopista 826.

Puedo entrar a una rampa, siempre y cuando me sea conocida. Hasta la tercera salida voy tranquila, atenta y bastante relajada. Trato de concentrarme en el carro que va delante de mí, manteniendo una prudente distancia. Hasta ahora todo va bien, la angustia empieza a partir de la mitad de la cuarta salida. Me concentro y trato de calmarme, ya voy sintiendo la humedad de mis manos en el volante y empiezo a apretarlo al compás de mis latidos que se aceleran.

Lo peor es cuando la vía se hace tan ancha que mis ojos no pueden abarcar los miles de carteles que aparecen, ahí puede que me empiece una leve taquicardia que trato de frenar respirando profundo. Me sigue una sensación de adormecimiento del pie derecho, precisamente el que está encargado de mantener la aceleración continua. Ese es el instante cuando me entra la urgencia de salirme.

—Tranquila, lo estás haciendo muy bien, ya pronto hay una salida, ve metiéndote hacia la derecha —me dice Jane.

Desesperada, mi mirada busca la palabra *exit*. Veo los carros pasarme sin contemplación como diciendo ¿y a ésta que le pasará?

Ansiosa, le pregunto a Jane si cree que estoy yendo demasiado lento, pero ella me asegura que no, y que me tranquilice, que no me debe importar lo que los demás carros hagan. Esto me suena extraño porque dicen que es peligroso ir a menor velocidad que los demás, pero prefiero hacerle caso a Jane.

—¿Será que falta mucho para la salida?

—Estas haciéndolo bien, ya casi salimos —me dice, con su voz tranquilizadora.

Siento alivio cuando estoy en plena curva saliendo de las entrañas del monstruo y empiezo a percibir que regreso a mi estado normal. Me vuelve el alma al cuerpo.

Carta para Irma

Miami, septiembre de 2017

Querida Irma:

Me hiciste trabajar la semana previa a tu llegada como nunca antes lo había hecho. Tuve que recoger y meter dentro de la casa las plantas de orquídeas de mi esposo, quien me llamaba cada diez minutos para asegurarse de que cada una de sus consentidas estaría a buen resguardo ante tu llegada.

También desenchufé todos los cables de las computadoras y demás aparatos electrónicos para evitar posibles cortocircuitos. Una maraña de cables que, por supuesto, al regresar a casa no tendría ni idea de cómo volverlos a su sitio. Además, coloqué toallas en cada una de las puertas por si entraba agua y sellar los bordes. Las ventanas las dejé a la buena de Dios, ya que según dicen, son contra huracanes, lo cual probaríamos por primera vez.

Hice visitas a Publix para comprar bidones de agua y latas de variados alimentos para atragantarnos por años, como también linternas y pilas para toda una vida como si estuviéramos al borde de una guerra.

El plan era irnos al hospital donde mi esposo trabaja, ya que por haberle tocado su guardia ese fin de semana que tú llegabas nos facilitarían una habitación con baño y ducha. No sabía el tamaño del cuarto, lo que estábamos seguros es que seríamos cuatro: mi madre, mi esposo, Mary —una amiga de años—, y yo.

Decidimos irnos desde el viernes. Tú llegabas el domingo y queríamos encontrar lugar en el estacionamiento, muchos tenían la misma idea, y en efecto quedaban pocos espacios. Nos dieron una habitación en el sexto piso, separada por un largo pasillo y varias puertas del área donde estaban los pacientes. Nos acomodamos en el pequeño espacio que nos asignaron, que contaba con una cama de hospital —pero bastante más angosta porque era para hacer exámenes—. Procedimos a preparar la cama inflable que llevó Mary, donde dormiría con mi mamá.

No sé si fue por la ansiedad de esperar tu llegada o por las horas que pasé en la cafetería ante las pantallas de televisión que nos mostraban tu aproximación, pero te digo que por tu culpa me metí varios kilos extra. También en el hospital me topé con tantas embarazadas como nunca en mi vida. Luego me enteré de que había noventa y nueve. Otro hospital había sido evacuado y a todas ellas las habían referido a donde nosotras estábamos. Muchas caminaban por los pasillos con sus prominentes barrigas y amplias sonrisas, mientras otras en el *lobby* yacían en colchones a la espera de dar a luz.

A cada rato consumía café para calmarme mientras me autotorturaba mirando las noticias enfocadas en tu ojo, Irma, un monstruo rojo que continuamente se agrandaba mientras daba vueltas como remolino sin fin aproximándote a la Florida. Era increíble cómo la situación que ocurría en la tele superaba a la realidad.

Mi esposo casi nunca estaba con nosotras: el trabajo en la sala de emergencia era exigente. Las noches estuvieron bien, aunque tuvimos problemas porque se filtró agua en el cuarto. La primera noche tuvimos mucho frío; quisimos arreglar el control del aire acondicionado, pero fue inútil. Estuvimos tentadas a pedir que subiera un técnico a solucionar el problema, pero nos pareció impertinente molestar cuando sabíamos lo ocupado que estaba el personal.

La última noche en el hospital dormí con mi mamá en la cama inflable y Mary en un sofá que se echaba hacia atrás. Ya entrada la madrugada sentí unas gotas cayendo en mi cabeza y por un momento me pareció que estaba soñando. Abrí los ojos y lo primero que vi fue la angosta cama de examen vacía, eso significaba que a mi esposo lo habían llamado. Aquello me alegró porque me pasaría para tenerla toda para mí. Cuando puse los pies en el suelo, me empapé las medias hasta el tobillo y me topé con un recipiente que recibía las copiosas gotas que ya se habían convertido en un chorro.

Después me enteré de que mi esposo lo había puesto en la madrugada. Esta vez sí pedimos ayuda. Los ingenieros señalaron que las láminas del cielo raso estaban hinchadas, a punto de reventar. Uno de los técnicos se subió a una escalera y abrió un hueco en la lámina más abombada mientras otro le pasaba una cubeta y vimos asombrados la gran cantidad de agua que caía. Esa mañana fue nuestra segunda evacuación: había que recoger todo y regresar a casa.

¡Ay, Irma! ¿Con qué nos encontraríamos?

Apuesta a la vida

Ya habían comenzado en su pueblo, Lukow, las deportaciones a los campos de exterminio. Se escuchaba que en cualquier momento los nazis liquidarían el gueto.

Entre los que aún no habían sido deportados estaba Braja y toda su familia, que habían estado confinados allí hacía más de un año. Ahora vendrían por los que quedaban para también ser llevados en vagones de ganado a Treblinka, de donde nadie regresaba.

Braja pasaba las noches desvelada pensando cual sería la mejor manera de proteger a sus pequeños hijos. Se acordó de Lidka, la joven polaca que había sido su compañera del Gymnasium, como llamaban a la escuela de educación secundaria en Europa. Le pareció que ella pudiera ser la persona indicada para entregarle los niños. Tenía que contactarla, pero antes debía discutirlo con Nahum, su esposo.

Una tarde otoñal en que la lluvia no cesaba de caer golpeando la pequeña ventana, se encontraban marido y mujer enfrascados en una conversación sin llegar a un acuerdo. Pidieron consejo al padre de Braja, quien les expresó sus dudas.

—Pero papá, ¿por qué no está de acuerdo? —preguntó Braja.

Razonaron juntos las opciones; y enseguida Braja se adelantó a contar el caso de unos conocidos que habían llegado a un trato con una señora cristiana para entregarle a su hijo y así salvarlo de una muerte segura, pero que no pudieron desprenderse del bebé y perdieron esa oportunidad. Luego supimos que esa familia, como tantas otras, fue sacada a la fuerza a las afueras del pueblo y nunca más se supo de ellos.

—¡Nosotros no queremos que nos suceda eso!, y si hay la posibilidad de cerrar un trato antes de que sea tarde, estamos dispuestos a hacer algo tan atrevido para salvar a los niños de caer en las garras nazis.

Braja se disponía a continuar cuando la interrumpió su padre.

—Finalmente, es vuestra decisión, —dijo con voz apagada buscando su mirada—. Esperemos que el plan salga bien y que los niños logren sobrevivir. Para eso hace falta suerte y que esa amiga de tu adolescencia acepte el trato y lo mantenga. Ojalá así sea —añadió, y se despidió tratando de evadir malos presentimientos. Por la expresión que notó en los ojos de su hija supo que ella ya la había tomado.

Braja necesitaba contactar a Lidka, pero ¿cómo?. Esa misma noche se les ocurrió una idea, pues no había tiempo que perder. Mandarían a su pequeño hijo a bajar por la angosta alcantarilla del gueto que desembocaba en la parte de afuera del muro, en la llamada zona aria. Esto era muy peligroso; sin embargo, el niño ya lo había hecho un par de veces para conseguir algo de comida. Esta vez debía llevar una nota. La instrucción era ponerla debajo de unas piedras cercanas y regresar enseguida por donde vino. Ya alguien estaba avisado sobre cómo hacerle llegar el mensaje a Lidka.

La nota decía así: "Lidka, amiga, te encomiendo a mis niños, Isaac y Gitl. Te ruego que los cuides y protejas hasta el fin de la guerra. Hay rumores de que falta poco. Cuando los recibas encontrarás dinero y unos diamantes entre sus ropas. Necesito una pronta respuesta, el tiempo apremia. Te lo agradeceré toda la vida", Braja.

Así fue como después de recibir el "sí" de Lidka, y con la esperanza de que sus preciosos niños se salvarían, decidió entregárselos a esa muchacha polaca. Ella le inspiraba confianza a pesar de que habían dejado de verse desde la época del liceo. Recordaba gratos momentos compartidos, pero en realidad ya habían transcurrido más de diez años sin verse.

Llegó el momento de despedirse de sus hijos y les embargó una angustia desgarradora que por momentos les impedía respirar. Braja y Nahum se acercaron a donde los niños dormían y permanecieron abrazándolos hasta que el sueño los venció. Fue un descanso breve porque debían entregarlos bajo el manto de la oscuridad.

Sin saber cómo abordar el tema y con voz temblorosa, Braja les habló en la forma más simple que pudo.

—Ustedes se irán por un tiempo con una persona amiga. Solo por un tiempo, repitió. Ella los va a cuidar bien, —les dijo, intentando que su voz pareciera calmada, mientras su esposo le tomaba las manos.

Los niños los observaban con los ojos bien abiertos y húmedos, sin emitir palabra ni llanto, pareciendo entender la situación a pesar de sus edades tan pueriles. Braja no hallaba cómo contener las lágrimas. Ya todo estaba listo, debían salir en silencio y muy despacio, pues si eran vistos significaba la muerte. Imaginándose invisible, Braja se acercó al sitio acordado con su beba en brazos y el pequeño Isaac siguiéndole el paso agarrándose de la manga de su abrigo. Con suerte, logró deslizar a los niños por un pequeño espacio donde daba la vuelta el muro que los separaba del mundo exterior y pasaron al otro lado donde los esperaba Lidka.

Siguiendo el trato, había colocado adentro de los zapatos del niño todo el dinero que les quedaba y los diamantes que el abuelo había repartido antes de morir. También agregó una nota que decía: "En cuanto podamos los buscaremos, cuídalos, protégelos y te lo vamos a agradecer toda la vida".

La decisión que duró meses en ser tomada se convirtió en un trato breve y pronto les llegó la dolorosa noticia. A los pocos días de tener a los niños bajo su cuidado, la joven polaca se asustó al ver a los soldados de la SS en una de las acostumbradas redadas. Corrió en pánico a sacarlos de la parte alta del granero donde los mantenía escondidos y los entregó.

***

Veo la foto desgastada donde Braja está sosteniendo en brazos a sus pequeños hijos. No quiero imaginar lo que ella habrá sentido, y los reproches que la habrían desvelado hasta su último aliento en Treblinka.

Minnesota

"Estoy sentada frente al ventanal que me separa de un muro blanco y extraño. Todo está cubierto de la fría y reluciente espuma que es la nieve, lo que da a la noche ese hermoso resplandor que la hace brillar.

A lo lejos se dibuja el perfil de las casas que con techos de espesa nieve infunden cierto respeto. Copos que se van depositando suavemente en los elegantes pinos hasta cubrir sus tupidas vestiduras.

Todo parece estático. De solo mirar da frío, y el viento con su silbido me atemoriza un poco, pero a la vez, le da el encanto necesario al paisaje invernal".

Minnesota, 20 de enero de 1982

Este escrito lo encontré revisando mis viejos álbumes de estampillas. Cada vez que nos mudamos a lo largo de nuestra vida, llevamos con nosotros cosas que consideramos importantes. Algunas llegan y permanecen escondidas por años hasta la próxima mudanza, otras se pierden por el camino o las dejamos abandonadas y quedan por ahí como huellas que se toparán con un desconocido que les dará otra vida, o simplemente terminarán en el implacable olvido.

Hasta el último suspiro

Llegar a las puertas de Auschwitz-Birkenau, donde en la parte superior se lee Arbeit marcht frei, "El trabajo te hará libre", me transportó a la trágica realidad de un pasado.

Había querido ir a ese lugar para de alguna manera conectarme con aquellos hombres, mujeres y niños a quienes les tocó, solo por el hecho de ser judíos, atravesar esa nefasta etapa de la historia, quedando solo las cenizas de la gran mayoría.

Atravesamos a pie las vías por donde llegaban los trenes de carga repletos de seres humanos apretujados durante varios días, y sin agua ni alimentos. Los pies me iban llevando con paso lento, casi letárgico por las vías del tren. Caminaba bajo un cielo gris mientras una fina lluvia me mojaba de a poco.

Al presenciar los espacios y respirar el gélido aire de ese campo de concentración y exterminio, pude percibir en carne viva lo que allí sucedió. Aunque íbamos en grupo, nos sentíamos cada uno en nuestro propio cascarón.

Por momentos me vinieron las imágenes de los rostros de familiares que no sobrevivieron, pero de quienes sí quedó alguna foto rescatada que nos habrían mostrado nuestros abuelos.

Entramos a las lúgubres barracas y nos topamos con los camastros de madera, donde cuando uno quería voltearse en ese reducido espacio, debían también hacerlo el resto de los ocupantes.

Traté de imaginarme acostada allí con la cabeza rapada, pasando frío dentro de esas telas desgastadas y llenas de piojos que les daban para cubrirse. Retiré la mirada para que esa imagen se desvaneciera y, como pude, salí a tomar aire fresco.

Continué caminando con la parte del grupo que se adelantó. Enseguida noté a mi izquierda las torres de vigilancia, erguidas y amenazantes, a pesar de estar ahora vacías. En una de ellas imaginé la silueta de un soldado apostado con ametralladora en mano, por si alguien intentaba lanzarse contra los alambres de púas para acabar de una vez con su agonía.

Seguimos hasta que llegó el momento de entrar a la cámara de gas. Lo hicimos despacio y en absoluto silencio. Estar parada allí, inmóvil, adentro de ese cuadrado húmedo color sepia, donde en tan solo minutos dejaban de vivir una gran cantidad de personas, me tenía clavada al piso.

Estaba allí, con la mirada fija en el techo de donde se asomaban las cabezas chatas de unas duchas con aspecto "inocente". Techo teñido de un verde brillante con esporádicos manchones, ahora testigos en el tiempo de las huellas dejadas por el gas asesino. Sí, esos pequeños cristales de Zyklon B, el pesticida que el especialista nazi dejaba caer cuidadosamente en el sitio preciso, y una vez adentro de la hermética cámara, se convertía en el tóxico gas.

Haber sentido mi propio ojo apoyado en el metal frío, apenas rozando el grueso pedacito de vidrio por donde los hombres de la S.S observaban su "obra", mientras calculaban los minutos exactos en que todo terminaría, me dejó sin aire por unos instantes. Casi puede ver la imagen de aquellos seres humanos extendiendo sus brazos hacia arriba en la desesperación de elevar a los más pequeños. Me sentí parte de ellos, temblando entre los cuerpos desnudos y me vi acurrucada llevándome ambas manos al rostro, respirando mi propio aire hasta el último suspiro.

Claudia Prengler Starosta

Nació en Buenos Aires y reside en Miami desde 2009. En su adolescencia se mudó con su familia a Caracas. Años después, tuvo experiencias de vida en Saint Paul, Minnesota y en Ann Arbor, Michigan, donde obtuvo una maestría en Educación Especial, mención Patología del Lenguaje.

En su libro "Dos ramas, dos destinos" (Oscar Todtmann editores, 2021, ganador del Latino International Book Awards 2022) investiga, entrevista y relata la historia de cómo dos ramas de su familia, separadas por la guerra y el Holocausto, se reencuentran mucho tiempo después. Este libro también está publicado en su versión inglés bajo el título "Two Branches, Two Destinies" (Oscar Todtmann editores, 2022).

Uno de sus cuentos, titulado "Esa mañana", está incluido en la Antología de Autores del Sur de la Florida "Vacaciones sin Hotel" (Ediciones Aguamiel, 2021), libro galardonado por los Florida Book Awards 2022. La colección de cuentos y relatos Fugaz (Ediciones Aguamiel) contiene historias que recorren su experiencia vital.

Ha sido semi-finalista en Cuentomanía Miami, 2020, y finalista en "Cuéntale un cuento a La Nota Latina" con su cuento "Tango y Milonga", que aparece en la Antología "Cuentos con Sabor Hispano" (La Nota Latina, 2022). Su cuento "Momentos" fue seleccionado para la antología de microrrelatos en español "Con la urgencia del instante", editada por Luis Alejandro Ordóñez (Ars Communis, 2023).

Claudia participó en el Proyecto: Survivors of the Shoah Visual History Foundation, fundado por Steven Spielberg en 1994.

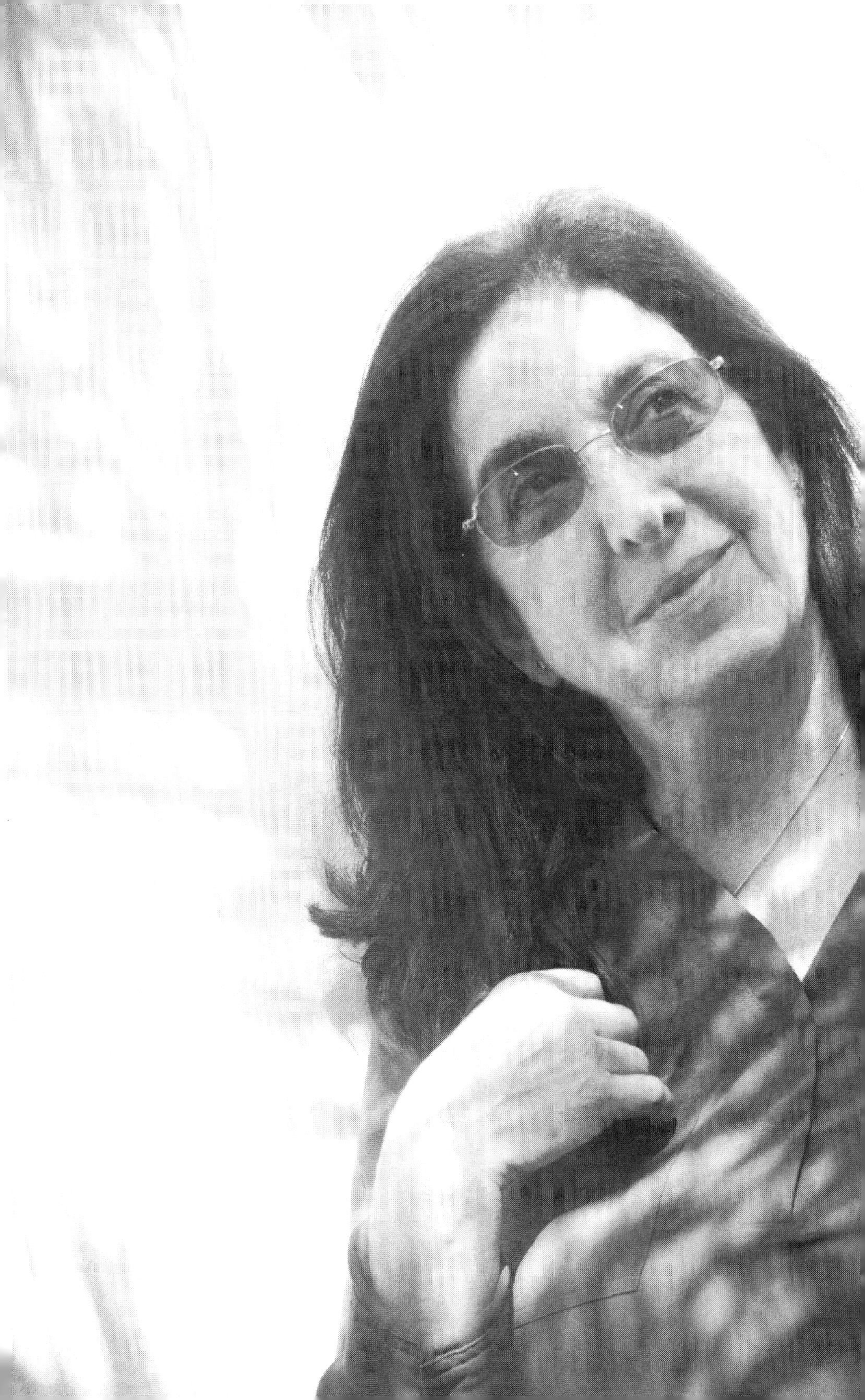

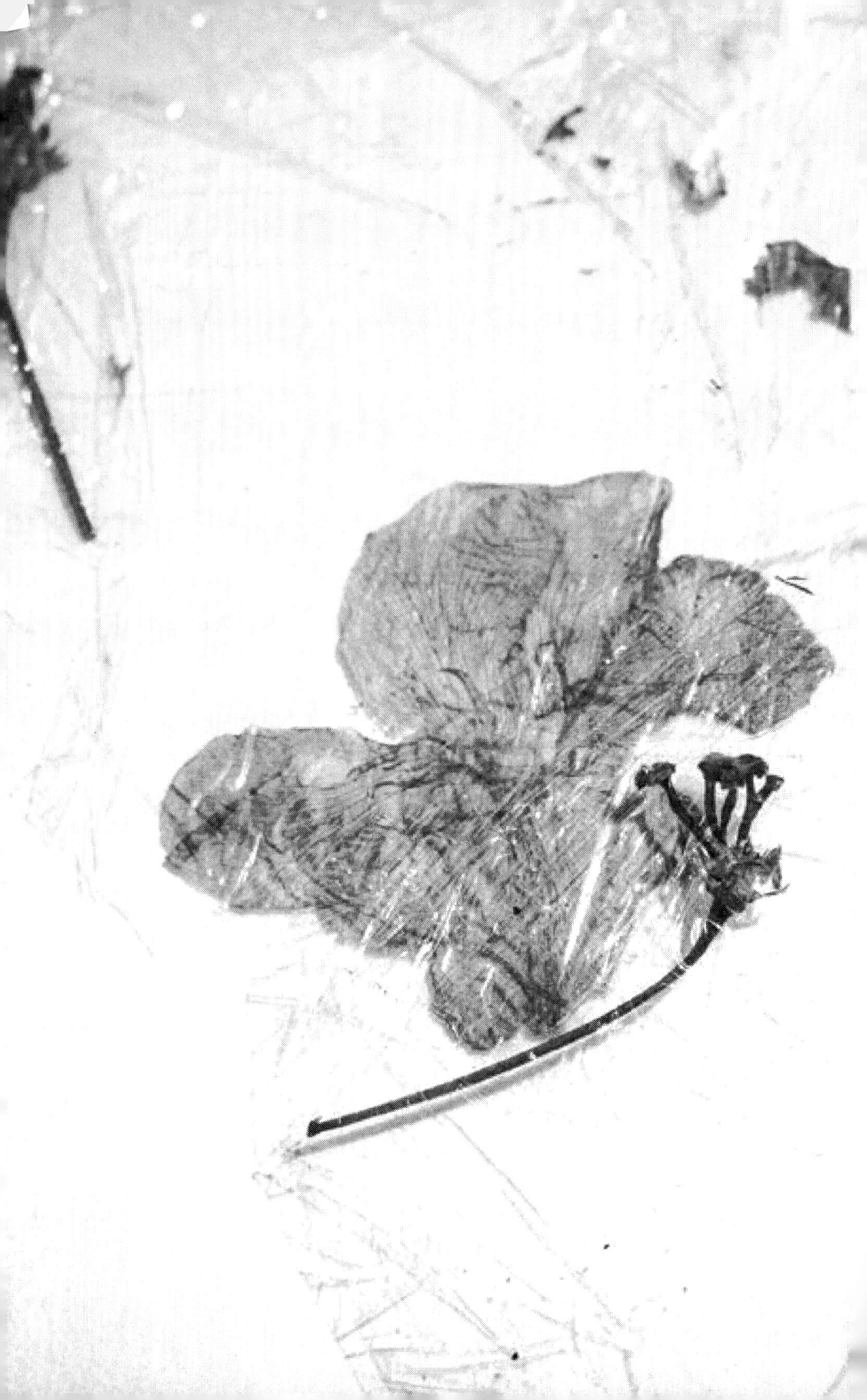

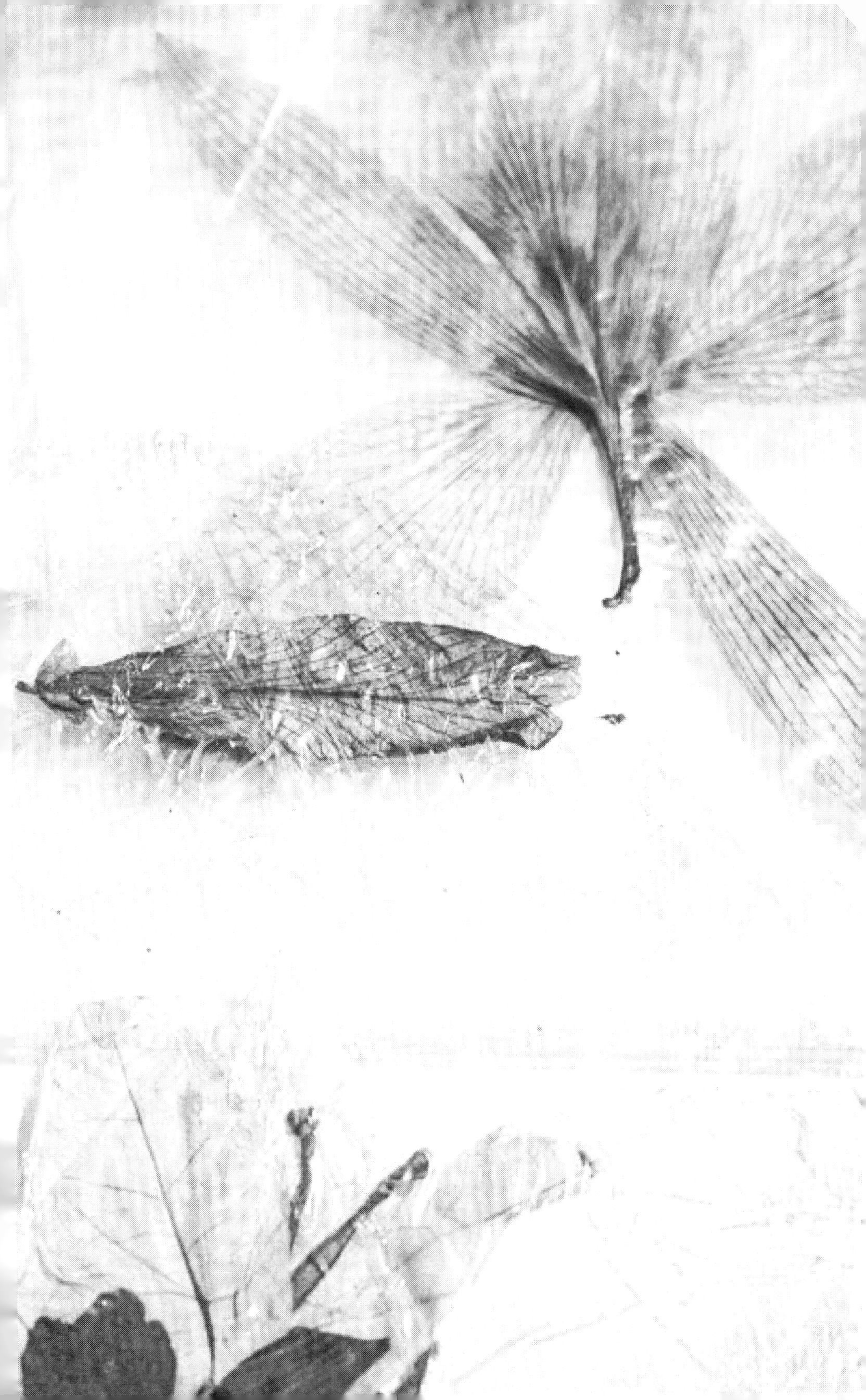

Made in the USA
Columbia, SC
17 June 2024